EDIPO RE

Sofocle

© 2023 Culturea Editions

Texte et illustration de couverture : © domaine public
Edition : Culturea (Hérault, 34)
Contact : infos@culturea.fr
Retrouvez notre catalogue sur http://culturea.fr
Imprimé en Allemagne par Books on Demand
Design typographique : Derek Murphy
Layout : Reedsy (https://reedsy.com/)

Dépôt légal : janvier 2023
Tous droits réservés pour tous pays

ISBN : 9791041842117

PERSONAGGI

EDIPO.

UN SACERDOTE.

CREONTE.

CORO DI VECCHI TEBANI.

TIRESIA.

GIOCASTA.

UN CORINTIO.

UN VECCHIO PASTORE.

UN NUNZIO.

POPOLO.

Scena, piazza in Tebe avanti alla Regia.

EDIPO RE

EDIPO e un SACERDOTE.

Altri Sacerdoti, Vecchi, Garzoni, tutti seduti in atto di supplicanti.

EDIPO.   O figli, prole del vetusto Cadmo,

Perchè qui ne venite ad assedervi,

Recando in man supplici rami? E tutta

È la città di vaporanti incensi

E d'inni insieme, e di lamenti piena.

Ciò d'altri udir non convenevol cosa

Stimando, o figlii, a voi qui venni io stesso,

Quel fra voi tutti rinomato Edipo.

Dillo, o vecchio, tu dunque, a cui s'addice

Pria di questi parlar: qui che vi trasse?

Tema o brama di che? Tutto a giovarvi

Oprar vogl'io. Ben duro cuore avrei,

Non sentendo pietà di tal consesso.

IL SAC.   O Edipo, re della mia patria terra,

Vedi quali siam noi che inanzi all'are

Seggiam delle tue case: altri non atti

A volar lungi ancora; d'età gravi

Sacerdoti — io di Giove; — e di garzoni

Drappello eletto. Co' velati rami

Altra gente è ne' fori, e inanzi ai due

Templi di Palla, e dell'Ismenio Dio

Al fatidico altare. In gran tempesta

(Tu stesso il vedi) è la città, nè il capo

Levar più puote dai gorghi profondi

Di morte. I frutti del terren rinchiusi

Ne' lor calici ancor; de' buoi le mandre;

Anco nell'alvo delle donne i figli,

Tutto perisce. Un'avvampante Furia,

Peste feral, piomba su Tebe, e l'agita

Tutta, e la preme; e già per lei si vuota

Questa casa di Cadmo; il negro Averno

Di gemiti e di pianto tesoreggia.

Non io, nè questi alle tue porte inanzi

Supplici stiam, te pari a un dio stimando,

Ma degli uomini il primo e negli umani

Casi, ed in quei che degl'iddii son opra;

Te che a Tebe venisti, e incontanente

Sciolti n'hai dal tributo che alla cruda

Pagavam cantatrice; e in ciò nè scorto

Eri punto da noi, nè d'altri instrutto,

Sì che ogni uom dice, e il crede ogni uomo, a vita

Averne tu, sol col favor d'un nume,

Rilevati da morte. Or dunque, o capo

Di noi tutti sovrano, a te devoti

Supplichiam tutti noi che alcun soccorso

Ne trovi, o sia che dalla voce appreso

D'un dio tu l'abbi, o d'alcun uom fors'anco;

Poi che ancor de' prudenti assai consigli

Veggo fiorir di buon successo. Or via,

Ottimo de' mortali, ergi, solleva

Questa città. Pensaci ben: per quello

Tuo primier beneficio essa ti noma

Suo salvator; del regno tuo non farne

Ciò ricordar, che a bello stato eretti,

Ricademmo di poi! Tebe rialza

Fermamente. Se pria con fausti auspicii

Hai restituta la tebana sorte,

Or sii pari a te stesso. Ove tu debba

Dominar, come or fai, questa contrada,

Ben più bello ti fia di popol piena

Dominarla, che vuota. E ròcche e navi,

Se diserte di genti, un nulla sono.

EDIPO.   Oh infelici figliuoli, ignote cose

Queste, no, non mi sono. Egri voi tutti

Siete, ben so; ma non v'è alcun fra tutti

Egro quant'io. Ciascun di voi si sente

Del proprio duol, non dell'altrui; ma questa

Anima mia per me, per voi, per tutta

La città s'addolora. Ond'è ch'or desto

Non m'avete da sonno: assai di lagrime

Versato ho già: già col pensier trascorse

Ho molte vie. Quel che rimedio alfine

Solo trovai, posto l'ho in opra: il figlio

Di Menéceo, Crëonte, a me cognato,

Al Delfico mandai tempio d'Apollo

A consultar che fare o dir degg'io

Per salvar Tebe. E ormai mi turba il suo

Tardar; che fa? già del venir s'indugia

Oltre al dover. Ma poi che giunto ei fia,

Esser vo' detto un perfid'uom, se tutto

Non farò ciò che imposto avrà quel nume.

IL SAC.   Bene il dici, e in buon punto. Or questi segno

Fanno a me che Crëonte s'avvicina.

EDIPO.   Deh, sire Apollo, a noi salute apporti,

Come il guardo ha sereno!

IL SAC.   E fausto ei sembra

Annunziator; chè non verría di molta

Fronda di lauro incoronato il capo.

EDIPO.   Tosto il sapremo; appresso è sì che n'ode.

CREONTE e i precedenti.

EDIPO.   O mio congiunto, di Menéceo figlio,

Quale a noi porgi oracolo del nume?

CREONTE.   Propizio. E dico, anche a buon fin verranno

Le difficili cose, ove guidate

Sien drittamente.

EDIPO.   E che tal detto importa?

Nè timor nè fidanza io ne ritraggo.

CREONTE.   Se in presenza di questi udir ti piace,

O dentro andar, pronto son io...

EDIPO.   No; parla

A tutti qui. Più del dolor di questi

Io fo ragion, che di mia vita istessa.

CREONTE.   Dunque dirò ciò che dal nume intesi.

Apertamente a noi Febo commanda

Quinci cacciar, non pascer più fra noi,

La rea cagion che in questo suol si nutre,

Di tanto morbo.

EDIPO.   E quale è dessa? e quale

È da usar purgamento?

CREONTE.   O bando o morte

Dar per morte si dee; chè sparso sangue

È quel che tanto or la città tempesta.

EDIPO.   Di qual uom ne disegna il sangue sparso?

CREONTE.   Lajo, o signor, fu reggitor di Tebe

Pria che tu vi regnassi.

EDIPO.   Udii nomarlo;

No 'l vidi mai.

CREONTE.   Di lui che giacque ucciso,

Chiaramente ora il dio punir ne impone

Quai che sien gli uccisori.

EDIPO.   Ove son essi?

Ove l'orme trovar di colpa antica?

CREONTE.   Qua, disse, in questa terra. È quel ch'uom cerca,

Lieve a trovar; quel ch'ei non cura, il fugge.

EDIPO.   Cadde Lajo in sue case, o fuor ne' campi,

O in estrania contrada?

CREONTE.   Iva (diss'egli)

A consultar l'oracolo; nè a Tebe

Ritornò più.

EDIPO.   Ma nunzio alcun non venne,

Non alcun del cammino era compagno,

Da cui ciò risaper dato pur fosse?

CREONTE.   Tutti con Lajo a morte andâr, fuor ch'uno

Che fuggendo salvossi, e riferirne

Seppe sola una cosa.

EDIPO.   Ed è? — Può molto

Solo un detto insegnar, se di speranza

Prendiam principio.

CREONTE.   Ei riportò che in via

Di ladroni una torma a lui diè morte.

EDIPO.   Come a tanto d'ardir giunta sarebbe

Una tal gente, se di qua con oro

Compra non era?

CREONTE.   E fu di ciò sospetto;

Ma, ne' guai sopragiunti alcun non prese

A far vendetta dell'estinto Lajo.

EDIPO.   Qual fu mai traversía che del caduto

Re vostro il caso investigar vi tolse?

CREONTE.   Guardar ne fea la buja Sfinge a' nostri

Patenti danni, e non curar gli occulti.

EDIPO.   Io dal principio or novamente il tutto

Rintraccerò; chè degna cura Apollo

Del morto re si prende, e tu con esso:

Tal che a dritto me pure oprar con zelo

In ciò vedrete al ben di Tebe e insieme

All'onor di quel dio. Nè già degli altri

Più che a pro di me stesso il germe infesto

Di tal lue sperderò; che qual di Lajo

Fu l'uccisor, con quella mano istessa

Me vorrebbe pur anco uccider forse;

Onde, lui vendicando, a me proveggo.

Figli, alzatevi, e via ne riportate

Questi supplici rami. A parlamento

Altri qua chiami il popolo di Cadmo,

Tutto io far voglio. O tornerem felici

Col favor di quel nume, o cadrem tutti.

IL SAC.   Leviamci, o figli. A noi promette Edìpo

Quanto venimmo a domandarne. Apollo,

Che il responso mandò del crudel morbo

Acquetatore, salvator deh venga!

(parte con tutti gli altri)

CORO.

Strofe I.

O di Giove parola alma e soave,

Qual da Delfo alla nobile

Tebe venisti? A noi,

O Delio nume, o buon Pëane, un grave

Timor la trepidante anima preme,

Ignari ancor di quale

Destin n'appresti o di presente o poi.

Deh tu, dell'aurea speme

Figlio il palesa, oracolo immortale!

Antistrofe I.

Pallade, prole alma di Giove, io chieggio

A te prima, e ad Artemide

Che il suol Bëoto ha in cura,

E tien nel fôro un glorïoso seggio,

E al lungi-saettante inclito Apollo:

Deh, se disperso il vampo

Già fu per voi d'orribile sventura

Che diè a Tebe gran crollo,

Presti or anco venite al nostro scampo!

Strofe II.

Io soffro, oh dei! danno infinito e lutto.

Egro n'è il popol tutto,

Nè rimedio v'adopra

Arte sagace o di consiglio acume.

Frutti il suolo non dà; del parto l'opra

Non son le donne a sostener possenti;

E del foco più celeri

Scendere vedi, come augei, le genti

Alla vallèa del tenebroso nume.

Antistrofe II.

Onde città già sì di popol folta

Si diserta, e una molta

Turba d'estinti al suolo

Giace senza pietà: spose e canute

Madri inanzi agli altari a tanto duolo

Pregano fine, e scoppia un suon commisto

D'inni e d'acuti gemiti.

O figlia aurea di Giove, a così tristo

Stato soccorri, e bella invia salute.

Strofe III.

E a quel Marte che brando

Non ha, nè scudo, e pur m'investe e incende

Alte grida eccitando,

Fa' con veloce corso

Volgere a Tebe il dorso,

E nel letto che lungi ampio si stende

D'Anfitrite, o nell'onda

Del Tracio mare inospital l'affonda.

Ciò che lascia la notte, il dì novello

Tutto strugge e consuma. O tu che tieni

De' fulminei baleni

L'ignea possa in tua man, scaglia su quello,

Giove padre, dal cielo,

A incenerirlo, il formidabil telo.

Antistrofe III.

E te, re Febo, imploro:

A pro di noi tuoi dardi invitti imporre

Piaciati all'arco d'oro.

E Dïana le ardenti

Fiacole anch'essa avventi,

Con che di Licia per li monti scorre;

E il dio ch'orna la chioma

D'aurea benda, e da Tebe anco si noma,

L'Evio Bacco dich'io, con la seguace

Di sue Ménadi torma anch'ei ne venga,

Anch'egli assalga e spenga

Col folgorar di vampeggiante face

Un sì crudel, sì rio,

Dagli dii stessi abominato dio.

EDIPO, CORO e POPOLO.

EDIPO.   Tu preghi aïta: or, se vorrai miei detti

Accoglier bene, e sovvenir con l'opra,

Refrigerio e rimedio ai mali avrai.

Straniero io son di quel che udii poc'anzi,

Stranier del fatto; e poco io posso ormando

Lunge andar, se ogn'indizio a me vien meno;

Ond'io, che nuovo cittadin qui sono,

A voi tutti, o Tebani, or così parlo.

Se alcun di voi sa per qual man fu morto

Lajo, figliuol di Lábdaco, gl'impongo

Di tutto espormi; ed accusar sè stesso

Pur non tema nessuno; altro ei d'acerbo

Non patirà, che uscir di Tebe illeso.

E se v'ha chi di questa o d'altra terra

Sappia il reo, non lo tacia: io gli prometto

Larga mercede, e il mio favor v'aggiungo.

Ma se starvene muti, e v'ha chi voglia

Al mio commando contrastar, temendo

O per sè stesso, o per l'amico, udite:

Costui, sia qual si voglia, io vieto a tutti

Di questa terra, ond'ho trono ed impero,

Accôrlo in casa e favellar con lui,

E nè a' riti divini e sagrificii

Farlo compagno, nè spruzzar sovr'esso

L'aqua lustral; ma lo respingan tutti

Da' proprii tetti: egli è cagion di questa

Nostra sventura; a me di ciò diè fede

Testè il Delfico oracolo. Del nume

Così le parti, e dell'ucciso io prendo;

E il reo consacro, o (se più sono) i rei,

A lograr scevra de' communi dritti

Orribil vita orribilmente. E quando

In mie case, me conscio, occulto stesse

Quel regicida, a me medesmo impreco

Quanto agli altri imprecai. Tanto io v'impongo

Per quel nume, per me, per Tebe afflitta

Così spietatamente. Ed anco un nume

Ciò non movesse, era di voi non degno

Lasciar la strage inespïata e ignota

D'uomo egregio e di re. Ma poichè il trono

Ch'ei tenne prima, or io tengo e il suo letto,

La sua consorte, e se la prole a lui

Io di lui, su 'l cui capo la sventura

Piombò, le parti a propugnar m'accingo,

Qual di mio padre, e porrò tutto in atto

Per rintracciar, per afferrar chi uccise

Di Lábdaco il figliuol, progenie illustre

Di Polidoro e del vetusto Cadmo

E d'Agenore prisco; e a quei che meco

Niegano oprar, prego gli dei che biade

Non porti il suol, nè tigli la consorte,

E struggansi di questo o d'altro morbo

Peggior, se v'ha. Ma sempre a voi, Tebani,

Quanti a me consentite, assista amica

Giustizia, e tutti ognor sien fausti i numi.

CORO.   Stretto, o signor, da' tuoi scongiuri, io tosto

Risponderò ch'io nè quel sire uccisi,

Nè l'uccisor ne so. Febo che d'esso

Cercar ne impone, anco dovea nomarlo.

EDIPO.   Ben è ver; ma gli dei stringere ad opra

Contra lor grado, alcun mortal non puote.

CORO.   Altra cosa dirò che parmi ad uopo.

EDIPO.   Ed altra ancor, se sai; non tacer nulla.

CORO.   So che le occulte cose al par di Febo

Scerne Tiresia. Aver da lui certezza

Potria di ciò chi ne 'l chiedesse, o sire.

EDIPO.   Nè di ciò m'indugiai: Crëonte il disse,

E per due messi addomandar già il feci.

Ch'ei qui ancor non sia giunto, ho meraviglia.

CORO.   Vane al certo son l'altre e viete voci...

EDIPO.   Quali? Ogni voce io vo' scrutarla a fondo.

CORO.   Morto da vïandanti allor si disse.

EDIPO.   Ciò intesi anch'io; ma un testimon del fatto

Niun sa dire ove sia.

CORO.   Pur, se alcun senso

Ha di timor, più starsi occulto il reo

Non ardirà, tali in udir tremende

Imprecazioni tue.

EDIPO.   Chi oprar non teme,

Nè parole pur teme.

CORO.   Or ecco a noi

Chi scoprirlo saprà. Scorto qui viene

Il divino profeta, in cui sol uno

È fra gli uomiini tutti innato il vero.

EDIPO, CORO e TIRESIA condotto da un fanciullo.

EDIPO.   Tiresia, o tu che tutte sai le cose

Ch'uom saper puote, e le nascose all'uomo,

E celesti e terrestri, or ben conosci,

Pur non veggendo, in qual morbo sommersa

È la città, di cui, signor, troviamo

Te protettore e salvator, te solo. —

Febo (se da' miei messi udito forse

Non l'hai) rispose alle domande nostre,

Sol ciò rimedio esservi al mal: di Lajo

Rinvenir gli uccisori, e darli a morte,

O via cacciar da questa terra in bando.

Or la parola tua tu dunque a noi

Non invidiar, sia che gli augurii od altra

Ragion v'adopri di fatidic'arte:

Salva te, salva Tebe, e me pur salva,

E via disperdi ogni maligno effetto

Della morte di Lajo. In te posiamo

Noi tutti, in te. Giovare all'uom con quanto

N'ha di poter, l'opra è dell'uom più bella.

TIRESIA.   Ahi, ahi, come il sapere è trista cosa,

Quando a chi sa non giova! Ed io che bene

Ciò conoscea, non vi pensai; venuto

Qui certamente or non sarei.

EDIPO.   Che avvenne,

Onde sei sì smarrito?

TIRESIA.   Alle mie case

Tornar mi lascia: a te, se il fai, più lieve

Fia portar la tua sorte, a me la mia.

EDIPO.   Non giusto parli, e amor non mostri a questa

Città che ti nudrì, di tua scïenza

Privandola in tant'uopo.

TIRESIA.   Il parlar tuo

Non util veggo essere a te; nè bramo

Che a me sia tale il mio.

CORO.   Deh per gli dei,

Non celarne il tuo senno! A te devoti

Quanti qui siamo, supplichiam noi tutti.

TIRESIA.   Malaccorti voi tutti. Io nulla mai

In mio danno dirò, per non dir cose

In danno tuo.

EDIPO.   Che parli tu? che pensi?

Tacer ciò che t'è noto, e tradir noi,

E la città struggere intendi?

TIRESIA.   Intendo

Non contristar nè me nè te. Che indarno

Cercando vai? Dir non m'udrai parola.

EDIPO.   Oh il più tristo de' tristi (chè a disdegno

Commoveresti un'anima di selce),

Nulla dunque dirai?Duro, inconcusso

Sempre così?

TIRESIA.   Tu biasmi il pertinace

Animo mio, nè quel ch'è in te conosci.

EDIPO.   Oh! chi potria non adirarsi, udendo

Tali detti, onde Tebe oltraggi e sprezzi?

TIRESIA.   Bench'io 'l copra tacendo, in luce tutto

Verrà da sè.

EDIPO.   Quel che verrà, t'è d'uopo

Dirlo a me pria.

TIRESIA.   Più non dirò parola,

Anco te n' prenda un'acerbissim'ira.

EDIPO.   Ira, sì, me ne prende, e non vo' nulla

Dissimular di quel che in me pur sento.

Sappi che aver tu concepito io penso

Di quel sire l'eccidio, e a fin condotto,

Salvo che ucciso di tua man non l'hai.

Che se degli occhi eri veggente, tutta

Esser tua direi l'opra, e di te solo.

TIRESIA.   Davvero? Or dunque io d'obedir ti dico

Al tuo bando tu stesso, e più con questi

Non parlar nè con me, quando l'impuro

Di questa terra infettator tu sei.

EDIPO.   Oh! fuor mandi così sfacciatamente

Tanta insolenza, e salvo andar ne speri?

TIRESIA.   In salvo io sto; chè mi francheggia il vero.

EDIPO.   Chi dir te 'l fa? Non l'arte tua.

TIRESIA.   Tu stesso

Tu che a parlar mal grado mio m'hai spinto.

EDIPO.   E che dir ti fec'io? Via me 'l ripeti,

Perchè meglio l'intenda.

TIRESIA.   Inteso appieno

Già non l'hai? Chè mi tenti?

EDIPO.   Io non l'intesi

Sì che ben comprendessi. Or dillo ancora.

TIRESIA.   Dico esser tu quell'uccisor che cerchi.

EDIPO.   E tu del replicato infame oltraggio

Lieto, no, non andrai.

TIRESIA.   Vuoi ch'altro io dica

Che t'adiri vie più?

EDIPO.   Di' pur, di' tutto

Che dir ti piace. Ogni tuo detto è indarno.

TIRESIA.   Te viver dico turpissimamente

Co' più congiunti tuoi, nè il sai, nè vedi

In qual giaci nequizia.

EDIPO.   E sì tu speri

Sempre impunito proferir quest'onte?

TIRESIA.   Se pure il vero ha qualche forza.

EDIPO.   Ha forza,

Ma non in te; chè tu sei cieco e d'occhi

E d'orecchi e di mente.

TIRESIA.   Oh sventurato!

Rinfacci a me ciò che non fia di questi

Chi non rinfacci a te medesmo in breve.

EDIPO.   Notte è il vivere tuo, nè a me nè ad altri

Puoi, che veggano lume, arrecar danno.

TIRESIA.   Fato non è che d'opra mia tu cada;

N'ha cura Apollo, e basta.

EDIPO.   È di Crëonte,

O pur tua questa trama?

TIRESIA.   A te Crëonte

Danno non fa; fai danno a te tu stesso.

EDIPO.   Oh dovizie, oh, rëame, oh più d'ogni arte

Arte adducente a desiata vita.

Quanta invidia è con voi! Per questo impero,

Che a me dono, non chiesto, in man diè Tebe,

Crëonte il fido e già da' tempi primi

Amico mio, me di nascoso agogna

Soppiantato balzar, questo intrudendo

Mago, di fraudi tessitor perito,

Scaltro impostor che ne' guadagni solo

È ben veggente, e in sua scïenza cieco.

Or di', su via; quando indovin tu fosti?

Perchè, mentre il cantante alato mostro

Qua inferocìa, tu a' cittadini un qualche

Tuo pensier non dicevi a liberarli?

Ma non era l'enimma a scioglier piano

Da qual uom che si fosse; arte indovina

Vi si chiedea, cui non mostrasti appresa

Dagli augelli aver mai, nè d'alcun nume.

Io bensì, quel di nulla instrutto Edipo,

Qua giunto a caso, io l'ammutii quel mostro

Sol con la mente mia, non dagli augelli

Ammäestrato. E tu cacciarmi or tenti,

Imaginando aver poi loco appresso

Al trono Creontéo. Ma il cacciar questo

Infettator costerà pianto, io credo,

A te non men che all'orditor dell'opra.

Che se te vaneggiante per vecchiaja

Non estimassi, a dolorosa prova

Conosceresti il tuo saper qual sia.

CORO.   Ira par che dettasse a lui gli accenti,

Ed anco, Edípo, a te. Non di ciò d'uopo

Or fa: come l'oracolo del nume

Meglio s'adempia, ragguardar fa d'uopo.

TIRESIA.   Se re tu sei, ma di parola anch'io

Pari ho dritto e poter; chè di te servo

Non son io, ma d'Apollo; onde nè additto

Inscriverommi al protettor Crëonte.

Cieco tu m'appellasti in suon di scherno:

E tu, veggente, i propri guai non vedi,

Nè dove alberghi, nè con chi. Sai forse

Di chi nascesti? e che nimico sei

A' tuoi già in tomba, e a quei che ancor son vivi?

Ma te del padre tuo, della tua madre

Le terribili Dire a prova infeste

Via cacceran da questa terra in bando,

Te ch'or ben vedi, e non vedrai che tenebre.

De' gridi tuoi qual fia piaggia o qual parte

Del Citeron che non echeggi, appena.

Visto avrai di che nozze a infausto porto

Qua con propizio navigar venisti;

Ed altri ed altri ancor mali non senti,

Che, del par che su te, cadran pur anco

Su' figli tuoi. Sprezza a tua posta, insulta

Crëonte e me: nessun fia mai che debba

Più di te grama consumar la vita.

EDIPO.   Oh! da costui ciò udir si può? — Non corri,

Non corri tosto al tuo malanno? Ancora

Vòlto non hai da queste case il piede?

TIRESIA.   Nè venuto sarei, se qua chiamato

Tu non m'avessi.

EDIPO.   Io non sapea che detto

Sì stolte cose avresti: ov'altro fosse,

Non t'avrei fatto alle mie case addurre.

TIRESIA.   Tale è la sorte mia: stolto parere

A te, ma saggio a' genitori tuoi. (in atto di partire)

EDIPO.   A chi? — Sòstati — a chi? Chi a me diè vita?

TIRESIA.   Da questo dì vita e ruina avrai.

EDIPO.   Come tutti in ambage e oscuro enimma

Involgi i detti tuoi!

TIRESIA.   Non sei tu forse

Quello d'enimmi estricator sovrano?

EDIPO.   Sì; beffa pur ciò che m'ha fatto grande.

TIRESIA.   Quella tua sorte anco a perir ti trasse.

EDIPO.   Se Tebe ho salva, a me non cal del resto.

TIRESIA.   Dunque io parto. — Fanciullo, or via mi guida.

EDIPO.   Via pur lo guidi ormai. — Qua rimanendo,

Tutto perturbi tu: di qua rimosso,

Noja più non potrai darne, ed inciampo.

TIRESIA.   Parto, ma dir vo' pria quel per che venni,

Nulla temendo il tuo disdegno: offesa

Già tu farmi non puoi. — Quell'uom, ti dico,

Di cui cerchi la traccia, minacciando

E proclamando vendicar la morte

Di re Lajo, qui sta. Detto è straniero,

Ma poi nativo si parrà Tebano.

Nè di questo ei godrà; chè d'opulento,

Fatto mendico, e di veggente, cieco,

Andrà tastando col baston la via

In peregrina terra; e fia scoperto

De' figli suoi fratello ei stesso e padre;

Figlio e sposo alla donna, ond'egli è nato

E di nozze consorte e ucciditore

Del padre suo. — Tu ben di ciò ripensa,

In tue stanze tornato; e se mendace

Mi coglierai, di' che intelletto alcuno

Io mai non ebbi di profetic'arte.

Strofe I.

CORO.   Chi 'l fatidico tempio,

Onde sacra di Delfo è la pendice

Con empia man dell'empio

Regicidio nefando autor ne dice?

Tempo è per lui che a celere

Fuga il piè spinga di corsier più lesto,

Che già con lampi e folgori

Di Giove il figlio ad assaltarlo è presto,

E non use a fallire

Seguono lui le inesorate Dire.

Antistrofe I.

Dal Parnaso nevoso

Chiaro a noi dianzi lampeggiò commando,

Che di quel reo nascoso

Ne fa l'orme pertutto andar cercando.

Ansio per certo, e pavido,

Qual tauro agreste, in selve ed antri egli erra

Ad evitar gli oracoli

Di colà dove il mezzo è della terra;

Ma d'immortali tempre

Quelli volando intorno a lui van sempre.

Strofe II.

Forte, assai forte il saggio vate or noi

Turba co' detti suoi,

A cui dar non osiamo, o toglier fede.

Io che dirmi non so: dubio del vero

Sta sospeso il pensiero,

E lume intorno o finanzi a sè non vede.

Che lite un dì fosse tra Lajo e il figlio

Di Pólibo, nè prima

Seppi, nè poi, per ben formar consiglio

Se degg'io contra Edípo, a cui devota

Delle genti è la stima,

Vendetta far d'antica morte ignota.

Antistrofe II.

Ben di Giove e d'Apollo al senno ascose

Non son le umane cose,

Ma che altr'uomo indovin più di me sia,

Mal con certezza giudicar si puote.

L'un più dell'altro dote

Ha di saper; ma se que' detti pria

Veri non veggo, io non consento accuse;

Ch'ei sol de' carmi bui

Dell'alata donzella il senso schiuse,

E salvò Tebe, ed ebbe onor di saggio;

Sì che non fia che a lui

Mai per tanta virtude io renda oltraggio.

CREONTE e CORO.

CREONTE.   Cittadini di Tebe, udii che gravi

Infami accuse Edipo re m'appone:

Sopportar non le posso. Ov'ei sofferto

Creda averne da me ne' guai presenti

Offesa o danno di parole o d'opre,

Io con taccia sì rea nè pur la vita

Di protrarre ho desío. Non lieve cosa,

Onta somma è per me, nella cittade

Voce aver di malvagio, e udir malvagio

Da te nomarmi, e dagli amici miei.

CORO.   Ma forse uscì per impeto di sdegno

L'ingiurioso detto, anzi che mosso

Dal pensier della mente.

CREONTE.   E d'onde apparve

Che mentisse il profeta obedïente

Al voler mio?

CORO.   Voce ne fu; ma d'onde,

Io l'ignoro.

CREONTE.   E con fermo animo, e fermo

Volto l'accusa ei proferia?

CORO.   Nè questo

Pur so; chè de' potenti i modi e gli atti

Io non esploro. - Ecco, egli stesso or viene.

EDIPO, CREONTE e CORO.

EDIPO.   Tu qui? D'ardire hai tanta fronte adunque,

Ch'osi inanzi venirne a' tetti miei,

Tu di mia vita ucciditor palese,

Rubator del mio regno? Or di', per dio!

Viltà forse o stoltizia in me scorgesti,

Che a ciò tramar t'indusse? O speme avevi

Che il tradimento io non avrei scoverto,

O rintuzzato non l'avrei? Demenza

Non è la tua, senza favor d'amici

Nè di popolo ambir quel che s'acquista

Col popol solo, o co' tesori, il regno?

CREONTE.   Sai che far devi? Ascolta pria miei detti

Di rimando a' tuoi detti, indi sentenza

Danne tu stesso.

EDIPO.   A favellar tu prode;

Io male acconcio a darti orecchio e fede,

Poi che infesto e nemico a me ti scòrsi.

CREONTE.   Ascolta pria quel ch'io dirò.

EDIPO.   Non dirmi

Che un malvagio non sei.

CREONTE.   Se buona cosa

Esser tu pensi pertinacia scevra

D'ogni ragion, non drittamente avvisi.

EDIPO.   Se congiunto a congiunto impunemente

Pensi danno arrecar, non bene avvisi.

CREONTE.   Teco anch'io m'acconsento in tal sentenza;

Ma in che, dimmi, t'offesi?

EDIPO.   A me tu dato

O non dato hai consiglio, essermi d'uopo

Mandar messaggio al venerando vate,

Che qua venisse?

CREONTE.   E ciò direi pur anco.

EDIPO.   Or ben, quanto già tempo egli è che Lajo...

CREONTE.   Che dir vuoi? Non m'oppongo.

EDIPO.   A mortal colpo

Soggiacendo disparve?

CREONTE.   Anni già molti

Ne potrían numerarsi.

EDIPO.   Allor dell'arte

Questo vate sapea?

CREONTE.   Saggio del pari,

E del pari onorato.

EDIPO.   E non fe' motto

Allor di me?

CREONTE.   No; me presente, almeno.

EDIPO.   Ma dell'estinto re voi non chiedeste?

CREONTE.   Chiedemmo, sì; ma nulla udimmo.

EDIPO.   E come

Ciò che or dice il gran savio, allor non disse?

CREONTE.   L'ignoro; e in quel che ignoro, amo tacermi.

EDIPO.   Questa ben sai (ch'ella è tua cosa), e dirla

Ben dovresti...

CREONTE.   Qual cosa? Io, se m'è nota,

Dirla non negherò.

EDIPO.   Che se colui

Convenuto con te pria non si fosse,

Detto mai non avrebbe esser di Lajo

Quell'eccidio opra mia.

CREONTE.   S'egli ciò dica

Ben tu 'l sai. Ma un'inchiesta io vorrei farti,

Siccome a me tu fai.

EDIPO.   Chiedi pur, chiedi,

Non apparrà che un omicida io sia.

CREONTE.   Di': la sorella mia non hai tu sposa?

EDIPO.   Dubio in questo non v'ha.

CREONTE.   Non hai con essa

Di Tebe il regno, e pari onor le rendi?

EDIPO.   E quanto brama ottien da me.

CREONTE.   Con voi

Terzo egual non son io?

EDIPO.   Pessimo amico

Quindi mi sei.

CREONTE.   No, se vorrai tu stesso

Farne giusta ragione. E primamente

Guarda, se pensi esservi alcun che scelga

Regnar fra le päure anzi che, queti

Dormendo i sonni suoi, regal possanza

Del pari aver. Non io più bramo al certo

Esser io re, che far di re le parti;

Nè bramar lo potría chi serbar sappia

Moderanza di voglie. Or senza tema
Tutto ho da te: se re foss'io, dovrei
Anco oprar molte cose a mal mio grado.
Come il regno può dunque a me più dolce
Parer di questa potestà regale,
Sgombra d'affanni? Illuso ancor non sono
Tanto che d'altri beni abbia desío,
Non con l'util congiunti. Or tutti ho cari;
Caro a tutti son io; ciascun m'onora,
E chi vuol da te grazie, a me le chiede;
Ch'indi vien l'impetrarle. E il mio vorrei
Col tuo stato mutar? Mente assennata
Così non erra. Io nè di ciò son vago,
Nè soffrirei d'aver compagni all'opra.
Vanne, prova del ver, tu stesso a Delfo;
Interroga se a te veracemente
Ne portai que' responsi. Ove tu scopra
Che con l'augure accordo ebbi, o consulta,
Non con un sol, ma con due voti a morte,
Col tuo voto e col mio, mi dannerai;
Ma da te sol non accusarmi intanto
Per oscuro sospetto. Ingiusta cosa
È il giudicar sconsideratamente
Buoni i malvagi, o pur malvagi i buoni;
Cacciar poi da sè lunge il buon amico,

Pari estímo al gittar la propria vita,

Che l'uom tant'ama. Avrai di ciò col tempo

Conoscenza secura: il tempo solo

L'uom giusto e buon fa manifesto; il reo

Anco in un dì conoscerai talvolta.

CORO.   Bene ei disse, o signor, per chi va cauto

Di non cader: chi suoi consigli affretta,

Non va securo.

EDIPO.   Allor che presto corre

Chi d'ascoso m'insidia e presto io deggio

Deliberar. S'io sto lento badando,

Tosto fia l'opra di costui compiuta,

E fallita la mia.

CREONTE.   Che vuoi tu dunque?

Darmi bando?

EDIPO.   Non già. Vo' che tu muoja,

Non che in bando ne vadi.

CREONTE.   Allor che appieno

Dimostro avrai di che vêr te son reo.

EDIPO.   Parli qual uom che d'obedir ricusi?

CREONTE.   Poi che buon senno in te non veggo.

EDIPO.   Ho senno

Per me.

CREONTE.   Per me del pari averne è d'uopo.

EDIPO.   Troppo sei tristo.

CREONTE. Oh! se del ver tu fossi

Del tutto ignaro?

EDIPO. Ed obedir pur vuolsi.

CREONTE. Non a chi mal commanda.

EDIPO. Oh Tebe, oh Tebe!

CREONTE. Ho anch'io mia parte, e non tu solo, in Tebe.

CORO. Cessate, o prenci. Ecco, opportuna io veggo

Qui Giocasta venirne, e cui s'aspetta

Questa contesa ricomporre in pace.

GIOCASTA, EDIPO, CREONTE e CORO.

GIOCASTA. A che fate di lingua, o sciagurati,

Improvido contrasto? In tanta angoscia

Della città non vergognate or voi

Guai privati eccitar? Non vuoi tu, Edipo,

Rïentrar nella regia? e tu, Crëonte,

Nelle tue case; e non cercar d'un nulla

Qualche grande corruccio?

CREONTE. O suora, un duro

Governo intende il tuo consorte Edípo

Far di me, delle due l'una eleggendo,

O cacciarmi di Tebe, o darmi morte.

EDIPO. Sì, poi che danni machinar lo colsi

Contro a me con mal'arte.

CREONTE.   Aura di bene

Non goda io più, sacro all'Erinni io muoja,

Se di ciò che m'apponi, alcuna cosa

Ti feci mai!

GIOCASTA.   Deh per gli dei, deh credi!

Abbi, Edípo, rispetto primamente

Al divin giuramento, e a me pur anco,

Ed a questi che sono a te presenti.

Strofe I.

CORO.   Cedi, o signor! Senno e voler ti pieghi

A' nostri preghi.

EDIPO.   A che piegar mi vuoi?

CORO.   Uom che negli atti suoi

Mai non fu stolto, ed ora

Per giuramento è fatto grande, onora!

EDIPO.   Ciò che brami, ben sai?

CORO.   Sì.

EDIPO.   Dillo aperto.

CORO.   Non, per sospetto incerto,

Un congiunto dannar, che attestatrici

Chiama le Furie ultrici.

EDIPO.   Sappi che, ciò chiedendo, il bando mio

Da questa terra, o il mio morir tu chiedi.

Strofe II.

CORO.   No; per lo Sol, nume primier fra' numi,

Me derelitto dagli amici miei

Me in ira a' sommi dei,

Se tal nutro pensier, morte consumi,

Morte qual v'è più ria! Ma grave assai

Mi travaglia il dolore

Della patria languente ed altro affanno

Più stringerammi il cuore,

Se giunti per voi novi guai saranno.

EDIPO.   Or ben, libero ei vada, ancor ch'io deggia

Morire, o in bando obbrobrïoso a forza

Andar da Tebe. Ho del tuo dir pietade;

Non del suo, no. Dovunque sia, costui

Aborrito sarà.

CREONTE.   Ceder ben mostri

Crucciosamente; ma dell'ira poi

Queto il fervor, n'andrai dolente e grave;

Chè son tali nature a sè medesme

Giustamente insoffribili.

EDIPO.   Non parti?

Non mi lasci?

CREONTE.   Sì, parto; a te mal noto,

Ma presso questi in pari onor di pria.

EDIPO, GIOCASTA e CORO.

Antistrofe I

CORO.   Chè non ritraggi entro le regie porte,

Donna, il consorte?

GIOCASTA.   Udir vo' pria che avvenne.

CORO.   Opinïon sorvenne

Nel lor parlar discorde;

E rampogna, anco ingiusta, irrìta e morde.

GIOCASTA.   D'ambo ciò naque?

CORO.   Sì.

GIOCASTA.   Che detto han essi?

CORO.   Meglio a me par, si cessi

Di tal gara il parlar, mentre che tanto

È Tebe in duolo e in pianto.

EDIPO.   Buon tu sei, ma non vedi a che rïesci

Con rintuzzarmi e affievolirmi il cuore?

Antistrofe II

CORO.   Non già sola una volta, o re, te 'l dissi:

Uom da intelletto e da ragion diviso,

Uom di nessuno avviso

Io sarei, se da te mi dipartissi;

Da te che a buon cammino un dì l'amato

Päese mio dal flutto

Agitato de' mali, e quasi absorto,

Hai drittamente addutto.

Deh poter ti sia dato

Novamente guidarlo a salvo porto!

GIOCASTA.   Dimmi, ora, per gli dei! d'onde hai tant'ira

In cuor concetta?

EDIPO.   Io te 'l dirò; chè rendo

Io più di questi a te, regina, onore.

Contro a me da Crëonte una rea trama

Ordita fu.

GIOCASTA.   Ciò dimmi ancor, se accusa

Gliene fai ben provata.

EDIPO.   Ucciditore

Ei me chiama di Lajo.

GIOCASTA.   E conscio ei stesso

Esserne dice, o dirlo ad altri intese?

EDIPO.   Intromesso ha un malvagio indovinante

Che per propria natura ad ogni oltraggio

Scioglie libera lingua.

GIOCASTA.   Or ben, di questo

Abbandona il pensier; m'ascolta, e apprendi

Da' detti miei, che nelle umane cose

Poter non evvi di profetic'arte.

Breve te 'n porgo aperta prova. A Lajo

Venne oracolo un dì (da Febo istesso

Non dico io, no, ma da' ministri suoi),

Ch'era ad esso destin morir per opra

Di figliuol che di me nato sarebbe,

E di lui stesso. Ed ecco a lui dan morte

(Come il grido n'andò) stranii ladroni

Nel mezzo a un trivio; e quel figliuol, tre giorni

Non vôlti ancor dacchè fu nato, il padre

Lo diè, co' piè legati alle giunture,

Per man d'altri a gittar sovr'erto monte.

Dunque Apollo non fece esser quel figlio

Del proprio padre ucciditor, nè Lajo

Ciò dal figlio soffrir, ch'ei paventava.

E sì que' vaticinii definito

Avean pur tale evento. Or di ciò dunque

Non curar nulla; agevolmente il dio

Chiaro farà quel che chiarir gli cale.

EDIPO.   Quale, o donna, in udirti agitamento

D'anima, e turba di pensier m'apprende!

GIOCASTA.   Che sì t'attrista?

EDIPO.   Udir da te mi parve,

Che Lajo in mezzo d'un trivio fu morto.

GIOCASTA.   Questo allora fu detto, e ancor si dice.

EDIPO.   E quale il loco, ove quel fatto avvenne?

GIOCASTA.   Nella terra che Focide si chiama,

Là dove han capo ambe le vie, che l'una

A Delfo mena, a Daulia l'altra.

EDIPO.   Il tempo?

GIOCASTA.   Qua l'annunzio ne giunse alquanto pria

Che tu signor fossi di Tebe.

EDIPO.   Oh Giove,

Che far di me ne' tuoi consigli hai fermo?

GIOCASTA.   D'onde, Edípo, in tuo cuor questo sgomento?

EDIPO.   Non me 'l chiedere ancora. — E qual persona,

Dimmi, avea Lajo, e quanta allor l'etade?

GIOCASTA.   Alto era; il capo di canizie appena

Sprizzato; e forme dalle tue non molto

Avea diverse.

EDIPO.   Ohimè, misero! Io temo

Essermi ignaro alle tremende Erinni

Da me stesso devoto.

GIOCASTA.   Oh che dicesti?

Io mi smarrisco in riguardarti, o sire.

EDIPO.   Forte io temo che l'augure ben vegga.

Ma tu più chiaro il mostrerai, se dirmi

Vorrai pure altra cosa.

GIOCASTA.   In ver pavento....

Pur dirò quel ch'io sappia.

EDIPO.   Iva con pochi,

O conducea da re molti sergenti?

GIOCASTA.　　Quattro e un araldo erano tutti; e Lajo

Solo un cocchio portava.

EDIPO.　　Ah! manifesto

Tutto è ormai. — Ma chi a voi, donna, del fatto

Portò l'annunzio?

GIOCASTA.　　Un di que' servi, il solo

Che scampò salvo.

EDIPO.　　E nella regia or vive?

GIOCASTA.　　No. Da quel dì che qui tornato ei vide

Te, spento Lajo, aver di Tebe il regno,

La man toccommi, e supplice mi chiese

Che delle greggie al pastoral governo

Ne 'l mandassi ne' campi, a fin che stanza

Lungi assai dalla vista aver potesse

Di queste mura. Io ne 'l mandai; chè servo

Degno egli era e di quella e d'altre ancora

Grazie maggiori.

EDIPO.　　Or come a noi fra breve

Richiamar si potrebbe?

GIOCASTA.　　È facil cosa.

Ma perchè questa brama ora ti prende?

EDIPO.　　Oh donna, io temo che a me troppe cose

Dette sien già, perchè vederlo io voglia.

GIOCASTA.　　Ei, sì, verrà. Ma degna anch'io mi tengo

Di prima udir ciò che ti grava, o sire.

EDIPO.   Nè appagartene io niego in tanta mia

Ansïosa aspettanza. A chi potrei

Più che a te degnamente il tutto esporre,

Poi che a tale son giunto? — A me fu padre

Pólibo di Corinto, e genitrice

Merope Dorïense; e là tenuto

Sempre il primo in onor fra' cittadini

Io mi vivea, fin che m'avvenne caso,

Di stupor, sì, ma del dolor ch'io n'ebbi,

In ver non degno. Un dì taluno a desco,

Fra 'l vuotar delle tazze, e già brïaco,

Me figlio osa chiamar furtivamente

Supposto al padre. Io, ben che d'ira acceso,

Tutto quel giorno a forza mi contenni:

Nell'altro al padre ed alla madre inanzi

Lo querelai. Spiaque l'oltraggio ad essi,

E corrucciârsi a chi 'l proferse; ed io

Del lor disdegno, io sì godea, ma l'onta

Pur sempre mi pungea, chè troppo addentro

M'era trascorsa. Ascosamente quindi

Da' genitori miei parto, e di Delfo

All'oracolo vo. Ma di risposta

Non degnò Febo la domanda mia.

Altre bensì vaticinommi atroci

Miserande vicende: esser destino

Mescermi con la madre, ed una in luce

Indi produrre intoleranda prole;

E ch'io sarei l'ucciditor del padre

Che generommi. Udito ciò, la via

Dagli astri argomentando, a fuggir presi

Da Corinto lontan dove giammai

Non vedessi per me gli obbrobrïosi

Rei presagi avverarsi. E camminando

Vengo a que' luoghi ove caduto estinto

Questo re mi dicesti. — Il vero, o donna,

Ti narro. Appena io posi il piè su quello

Di tre strade crocicchio, ecco, un araldo,

E un uom, qual me 'l pingesti, in cocchio equestre

Farmisi incontro; e dalla via l'auriga

E il vecchio ei stesso mi volean di forza

Sbalzar giù. Disdegnato io 'l guidatore

Percuoto: il vecchio che vicin mi vede,

M'apposta, e vibra a mezzo il capo un colpo

Con una sferza di due punte armata.

Ma pena egual non ne pagò; percosso

Subitamente di robusta mazza

Con questa man, giù resupin travolvesi

Dal cocchio a terra, e gli altri tutti uccido.

Or, se quello stranier fosse con Lajo

Sola una cosa, oh chi di me più misero?

Qual uom potrebbe esser più in ira ai numi

Di me? di me cui nè in sue case accôrre

Può forestiero o cittadin veruno,

Nè può meco parlar, ma ogni uom cacciarmi

Dee da' suoi tetti. Ed altri, altri ch'io stesso,

Non mi strinse a tal pena. Io con mie mani

Del morto re contamino la sposa,

Con queste mani, ond'ei fu morto. Un tristo

Or non son io? non tutto impuro? In bando

Andarne; i miei più non veder, nè il piede

Più riportar sul 'l patrio suol m'è forza,

O far connubio con la madre, e il padre

Colpir di morte. Pólibo che diemmi

Vita, e mi crebbe. Or chi dicesse un crudo

Démone a me sì ree vicende imporre,

Non direbbe verace? Oh sacrosanta

Maestà degli dei, deh non avvenga

Ch'io mai vegga un tal dì! Possa io dal guardo

Disparir de' mortali anzi che scorga

In me stesso cader tanta sozzura!

CORO.   Anco a noi gravi casi, o re, son questi;

Ma tu fin che chiarito appien non sei

Dall'uom ch'era presente, abbi speranza.

EDIPO.   Speranza ho solo in aspettar che a noi

Quel pastore qui giunga.

GIOCASTA.   E lui qui giunto,

Qual fidanza è la tua?

EDIPO.   Se quel ch'ei dice

Fia trovato a' tuoi detti esser conforme,

Fuor son io d'ogni affanno.

GIOCASTA.   E quale udisti

Cosa detta da me, che sì rilievi?

EDIPO.   Lui dicesti narrar che Lajo ucciso

Fu da ladroni: ove lo stesso or dica

Del numer loro, io non l'uccisi; un solo

Pari a molti non è: se un solo or dice,

Apertamente in me l'opra ricade.

GIOCASTA.   Così, t'accerta, egli narrò; nè il detto

Ora disdir potria; chè tutta Tebe,

Non io sola, l'udì. Ma se quel primo

Suo racconto anco in parte or tramutasse,

Mai mostrar non potrà, che qual dovea,

Tal fu il caso di Lajo, a cui morire

Per man del figlio mio predisse Apollo.

Nè l'uccise però quell'infelice;

Chè morto ei stesso è pria del padre; ond'io

Per qualsia vaticinio or non più mai

Nè in qua nè in là pur volgerei lo sguardo.

EDIPO.   Bene avvisi; ma pur manda qualcuno

Per quel pastor; non tralasciar tal cura.

GIOCASTA.   Manderò tostamente; entriam fra tanto.

Nulla io farò che grato a te non sia.

Strofe I.

CORO.   Deh me sempre francheggi

In tutt'opre e parole integro zelo

Di santitate riverente e pura,

Giusta l'eccelse leggi

Ingenerate nell'empireo cielo,

Che sol padre han l'Olimpo, e d'uom natura

Vita in lor non impresse,

Nè avvenir può che mai le addorma oblio,

Però che vige in esse

Grande e ognor da vecchiezza immune un dio.

Antistrofe I.

Di re madre è Insolenza;

Insolenza che poi che s'è satolla

Di temerarii orgogli e di misfatto

Dall'eccelsa eminenza

Lui che inalzò, precipitando crolla

Giù donde è il piede a risalir non atto.

Febo io prego, incompiute

Non cadano le prove, onde s'affida

La città di salute;

Ed io lui terrò sempre auspice e guida.

Strofe II.

Chi petulante incedere

Osa per vie d'iniqui atti o parole,

Della Giustizia impavido,

Nè de' numi le sedi onora e cole,

Duro fato l'insano

Colga, e colui che a reo guadagno intende,

E la profana mano

A intangibili cose empio protende.

Chi, se quest'opre onoransi,

Delle illecite brame il dolce strale

Propulserà dall'animo?

Celebrar sacri cori a che più vale?

Antistrofe II.

Non io più andrò nè al delfico,

Nè a quel d'Abe o d'Olimpia inclito tempio,

Se de' divini oracoli

Ora il ver non si mostra in chiaro esempio.

Se tu, Giove possente,

Re sei detto a ragion del mondo intero,

All'eccelsa tua mente

Questo non fugga, e al tuo sovrano impero!

Che i prischi ormai si spregiano

Dati a Lajo responsi, e più splendore

Non ha di culto Apolline;

Cade negletto degli dei l'onore.

GIOCASTA con ancelle e CORO.

O primati di Tebe, i sacri templi

Visitar divisai, queste recando

Supplichevoli insegne e timïami;

Però ch'Edípo a tutte cure in preda

Troppo l'animo esalta, e dai passati

Non sa, come chi ha senno, i nuovi casi

Argomentar: di chi gli parla è tutto,

Se gli parla terrori; e poi che indarno

Confortarlo m'adopro, a te ne vengo,

Febo Licéo, che più ne sei dappresso,

Con queste offerte a supplicar che darne

Ormai ti piaccia un convenevol fine

Di tanti mali. Attoniti, smarriti

Tutti or siam noi, che lui veggiam turbato,

Come in tempesta condottier di nave.

Un CORINTIO, GIOCASTA e CORO.

IL COR.   Posso, o buoni, da voi saper la casa

Del sire Edípo? E meglio poi, se dirmi

Anco sapeste ov'egli stesso or sia.

CORO.   La casa è quella, e quivi egli è. La madre

Questa è de' figli suoi

IL COR.   Felice, e sempre

Con felici ella sia, poi che di quello

È la nobile sposa.

GIOCASTA.   E tu felice

Sii del pari, o stranier; chè ne sei degno

Per l'augurio cortese. E a che ne vieni?

Che dirne vuoi?

IL COR.   Buona novella io porto

A questa casa, e al tuo consorte.

GIOCASTA.   E quale?

D'onde tu?

IL COR.   Da Corinto. E dirò cosa

Che ti fia grata; e come no? Ma in parte

Forse ancor n'avrai duolo.

GIOCASTA.   Or ben, qual cosa

Questa sarà, che doppia forza acchiude?

IL COR.   Lui nomeranno a proprio re le genti

Dell'Istmia terra. Ogni uom di quella il dice.

GIOCASTA.   Ma che? Più il vecchio Pólibo non tiene

Quivi il regno?

IL COR.   Non più; chè morte in tomba

Chiuso il serba.

GIOCASTA.   Che dici? Estinto giace

Pólibo?

IL COR.   Sì. Morir vogl'io, se il vero

A te non dico.

GIOCASTA.   — Ancella, or va': t'affretta;

Porta al re quest'annunzio. — Oh dove siete,

Oracoli de' numi? Edípo un giorno

Da lui, per non ucciderlo, tremando

Fuggíasi; e quegli, ecco, ne muor di suo

Natural fato, e non per man di lui.

EDIPO, GIOCASTA, il CORINTIO e CORO.

EDIPO.   O di Giocasta mia diletto capo,

A che fuor di mie stanze or qua mi chiami?

GIOCASTA.   Odi quest'uomo, e guarda ove se 'n vanno

I venerandi oracoli d'Apollo.

EDIPO.   Questi chi è? Che narra?

GIOCASTA.   Ei di Corinto

Vien l'annunzio a recar, che più non vive

Pólibo, il padre tuo, ma giace estinto.

EDIPO.   Stranier, che dici? A me tu stesso il narra.

IL COR.   Se ciò pria chiaramente esporti io deggio,

Sappi, ei morì.

EDIPO.   Per tradimento, o forza

Fu d'alcun morbo?

IL COR.   Una sospinta lieve

Corpi gravi d'etade al suol trabocca.

EDIPO.   A malor dunque il misero soggiaque.

IL COR.   E agli anni molti.

EDIPO.   — Oh! che più vale, o donna,

Di Delfo riguardar l'ara, o gli augelli

Nell'aëre stridenti, a' cui presagi

Esser del padre io l'uccisor dovea?

Dorme or quegli sotterra, ed io qui sono,

Nè mai brando toccai;... se no 'l consunse

Desiderio di me; chè sol può morto

Esser così per mia cagione. Intanto

Scende Pólibo all'Orco, e seco i vani

Via se ne porta oracoli de' numi.

GIOCASTA.   Ciò forse a te già non diss'io?

EDIPO.   Dicesti;

Ma il terror m'aggirava.

GIOCASTA.   Or non più dunque,

Non più accogliere in cuor queste paure.

EDIPO.   Ma del letto materno e come ancora

Temer non deggio?

GIOCASTA.   E che temer dee l'uomo,

Di cui la sorte arbitra è sola, e in cui

Di nullo evento è previdenza certa?

Viver fuor di pensieri alla ventura,

È il consiglio miglior. Tu di materne

Nozze sospetto non aver: già molti

Giaquer ne' sogni con la propria madre;

Ma chi per nulla ha queste larve, ei tutta

Vive sua vita agevolmente assai.

EDIPO.   Bello il tuo ragionar, se più non fosse

La madre mia; ma, viva lei, m'è forza

(Per quantunque ben parli) aver temenza.

GIOCASTA.   Pur la tomba del padre è a te gran lume.

EDIPO.   Sì, ma resta il timor della vivente.

IL COR.   E qual donna è cotesta, onde temete?

EDIPO.   Merope, o vecchio, con la qual congiunto

Vivea Pólibo in nozze.

IL COR.   E che di lei

Timor v'incute?

EDIPO.   Un vaticinio orrendo,

Dato a me dagli dei.

IL COR.   Dirlo si puote,

O non lice saperlo?

EDIPO.   Odi. Mi disse

Apollo un dì, ch'io mescermi dovea

Con la propria mia madre, e che versato

Con le mie mani avrei del padre il sangue.

Però già tempo io da Corinto ho lungi

Posta la stanza; e ben mi fu; mal dolce

De' genitori anco è l'aspetto assai.

IL COR.   Per lei dunque esulasti?

EDIPO.   E per non farmi

Omicida del padre.

IL COR.   Or perchè dunque

Io, che amore ho di te, da questa tema,

O signor, non ti sciolgo?

EDIPO.   Una ben degna

Mercè n'avresti.

IL COR.   E sì qua in vero io venni

Qualche favor da te sperando, al tuo

Tornar fra noi.

EDIPO.   Ma non fia mai ch'io torni

Con la mia genitrice a far soggiorno.

IL COR.   Ben mostri, o figlio, de' consigli tuoi

Non saper la ragione.

EDIPO.   Or come, o vecchio?

Di', per gli dei?

IL COR.   Se ritornar per quella

A tue case rifuggi.

EDIPO.   Io, sì, pavento

Che veritiero a me rïesca Apollo.

IL COR.   Che di qualche misfatto abbi a macchiarti

Co' genitori tuoi?

EDIPO.   Questo, sì, questo

Tremar sempre mi fa.

IL COR.   Nè sai che tremi

Fuor di ragione?

EDIPO.   E come ciò, se figlio

Pur son io di que' due?

IL COR.   Nulla era teco

Di parentado Pólibo.

EDIPO.   Che parli?

Pólibo me non generò?

IL COR.   Quant'io,

Nè punto più.

EDIPO.   Chi procreommi or come

Può pareggiarsi ad uom che meco è nulla?

IL COR.   Certo non io ti procrëai, nè quegli.

EDIPO.   Perchè dunque suo figlio ei mi nomava?

IL COR.   Dalle mie mani ei t'ebbe in dono.

EDIPO.   E tanto

Amar potea chi d'altra man gli venne?

IL COR.   Ciò gl'inspirava il non aver suoi figli.

EDIPO.   Compro, o a caso trovato a lui mi desti?

IL COR.   Del Citeron ti ritrovai ne' boschi.

EDIPO.   A che andavi in que' luoghi?

IL COR.   Io soprastante

Era colà delle montane greggie.

EDIPO.   Pastor d'altri a mercede?

IL COR.   E salvatore

Allor di te fui veramente, o figlio.

EDIPO.   In qual rischio o sventura ivi m'hai preso?

IL COR.   Farne ben ti potranno indizio e fede

De' tuoi piè le giunture.

EDIPO.   Oh! qual rimembri

Antica offesa?

IL COR.   I traforati piedi

Da laccio avvinti io ti disciolsi.

EDIPO.   Un tale

Tristo in ver contrasegno ho in me ritratto.

IL COR.   Quindi il nome ti venne.

EDIPO.   Or, per gli dei,

Dimmi: la madre a me fe' questo, o il padre?

IL COR.   No 'l so; meglio il saprà chi a me ti diede.

EDIPO.   D'altri dunque m'avesti, e non trovato

M'hai tu stesso?

IL COR.   Non già. Dato mi fosti

Di man d'altro pastore.

EDIPO.   E chi fu quegli?

Indicarlo sapresti?

IL COR.   Esser dicea

Della casa di Lajo.

EDIPO.   Del regnante

Di Tebe un tempo?

IL COR.   Era pastor di lui.

EDIPO.   Viv'egli ancor, sì che vederlo io possa?

IL COR.   Voi di questa contrada abitatori

Saper meglio il dovreste.

EDIPO.   — Evvi fra quanti

Qui presenti mi siete, evvi qualcuno

Che quel pastor conosca, o fuor ne' campi

Visto l'abbia, o in città? Ditelo; è tempo

Che ormai ciò si chiarisca.

CORO.   Altri, cred'io,

Non è che l'uom di villa, cui poc'anzi

Veder bramavi. Ma di ciò contezza

Ben più certa potrìa darti Giocasta.

EDIPO.   — Donna, quel che a cercar dianzi mandammo,

Esser pensi lo stesso, onde, or quest'uomo

Favella?

GIOCASTA.   Chi? di chi parlò — Deh cura

Di ciò non darti, e non voler nè manco

Serbar memoria di parole a caso.

EDIPO.   No, non sarà che tali orme seguendo,

Io non rintracci il nascimento mio.

GIOCASTA.   Se ti cal di tua vita, ah per gli dei!

Non ricercarlo; il mio dolor ti basti.

EDIPO.   Fa' cor; se servo anco tre volte io fossi

Da tre madri, non onta a te ne viene.

GIOCASTA.   Nondimen deh m'ascolta, e a me t'arrendi;

Non far ciò, te ne priego!

EDIPO.   Io non m'arrendo

Ad ignorar siffatta cosa.

GIOCASTA.   Io t'amo,

E ti parlo il tuo meglio.

EDIPO.   Assai già tempo

Questo meglio mi crucia.

GIOCASTA.   Oh sventurato!

Volesse il ciel che tu mai non giungessi

A conoscer chi sei!

EDIPO.   — Su via, qua tosto

Quel pastor mi s'adduca; e lei lasciate

Bëata andar di suo lignaggio illustre.

GIOCASTA.   Oh infelice, infelice! Io sol ti posso

Dir ciò, non altri, in avvenir... più mai. (parte)

CORO.   Edípo, ond'è che d'aspro duol sospinta

La regina partì? Temo, da questo

Silenzio suo non qualche male erompa.

EDIPO.   Tutto erompa che può: l'origin mia

Umil quantunque, io veder vo'. Costei,

Come donna, dei sensi ambizïosi,

Del mio basso natal forse ha vergogna:

Ma io me tengo di fortuna figlio,

E pur ch'essa m'arrida, inonorato

Mai non sarò. Di cotal madre io naqui,

E i vissuti miei dì fatto già m'hanno

Picciolo e grande. Uscirne altr'uom non posso,

Sì che indagar la stirpe mia non deggia.

Strofe.

CORO.   Se l'indovin pensiero

Scorge in mia mente il vero,

Te, Citerone (e per gli dei l'accerto),

Te, pria che pieno i rai

Spanda domani il giorno,

D'Edípo onorerem patrio soggiorno,

E a lui madre e nutrice; e per tal merto

Verso il re nostro e canti e danze avrai.

Febo, il presagio mio

Compi, o di-morbi-sanatore iddio!

Antistrofe.

Quale, o mio re, qual figlia

Della immortal famiglia

Ti produsse, o con Pane in dolce amore,

Dio montano abbracciata,

O con Febo che i luoghi

Ama agresti ancor esso, e gli alti gioghi?

O il Cillenio, o de' monti abitatore

Bacco ti raccogliea da qualche amata

Eliconia fanciulla,

Con le quai folleggiando ei si trastulla.

EDIPO.   Se argomentar poss'io d'uom che mai pria

Meco non s'accontò, veder m'avviso

Quel pastor che cerchiamo. Ei con quest'altro

Nella molta vecchiezza si ragguaglia;

E i famigliari miei che gli son guida,

Ben conosco. Ma tu meglio il dovresti

Raffigurar, ch'altra fïata inanzi

Visto l'avrai.

CORO.   Ben lo ravviso. Egli era

Fido, s'altri fu mai, pastor di Lajo.

EDIPO.   A te, Corintio, or primamente io chiedo

Se quegli è l'uom che ne dicevi.

IL COR.   È desso.

Un PASTORE, EDIPO, il CORINTIO e CORO.

EDIPO.   Vecchio, t'appressa, e fiso in me, rispondi

Alle domande mie. — Fosti tu servo

Di Lajo?

IL PAST.   Fui; ma servo suo non compro;

Nato in sue case.

EDIPO.   E qual l'officio, e quale

Era tua vita?

IL PAST.   In custodir gli armenti

Vissi il più de' miei dì.

EDIPO.   Qual era il loco,

Ove più soggiornavi?

IL PAST.   Il Citerone

E il terren circostante.

EDIPO.   Ivi quest'uomo

Visto non hai? no 'l conoscesti a caso?

IL PAST.   A qual opra attendea? di chi favelli?

EDIPO.   Di quest'uom che qui sta. Con lui non fosti

Talvolta?

IL PAST.   Or non 'l saprei... Non mi ricordo.

IL COR.   Meraviglia non è. Farò ben io

Tornargli a mente le oblïate cose.

E già so ch'ei rimembra il tempo in cui

Stemmo su 'l Citerone, ei con due greggi,

Io con un sol, tre intere lune insieme,

Da primavera all'apparir d'Arturo;

Poi, presso al verno, io spinsi il gregge al mio

Presepe, ed egli a que' di Lajo i suoi.

Dico il vero, o non dico?

IL PAST.   Il ver tu dici;

Ma di gran tempo addietro.

IL COR.   E ti ricorda

Che allor mi desti un fanciullin, chè meco

L'allevassi per mio?

IL PAST.   Perchè domanda

Di ciò mi fai?

IL COR.   Quel ch'era allor bambino,

Gli è questi, amico.

IL PAST.   Oh in tua mal'ora! E quando

Tacerai tu?

EDIPO.   Ve', non biasmarlo, o vecchio!

Son da biasmar, più che i suoi detti, i tuoi.

IL PAST.   Ma in che, mio buon signore, in che son reo?

EDIPO.   Non rispondendo a ciò che del fanciullo

Questi or ti chiede.

IL PAST.   Ei non sa nulla, e indarno

S'affaccenda in tal cosa.

EDIPO.   E tu, se nieghi

Parlar buon grado, parlerai piangendo.

IL PAST.   Deh no, deh per gli dei! mal non trattarmi,

Vecchio che sono.

EDIPO.   Olà! tosto le mani

Gli si stringano al dorso.

IL PAST.   Oh me meschino!

Ma perchè mai? Che vuoi ch'io dica?

EDIPO.   Il figlio

Che quest'uom ti rammenta, hai dato a lui?

IL PAST.   Sì. Foss'io morto in quell'istante!

EDIPO.   Morte,

L'avrai se appieno or non palesi il vero.

IL PAST.   Più, se il dico, l'avrò.

EDIPO.   Tergiversando

Par che vada costui.

IL PAST.   No; che gliel' diedi,

Già dissi.

EDIPO.   E tu d'onde l'avevi? Tuo

Era, o d'altri?

IL PAST.   Non mio. Da un altro io l'ebbi.

EDIPO.   Da chi fra' cittadini, e da qual casa?

IL PAST.   Deh, signor mio, non ricercar più inanzi,

Deh, per gli dei!

EDIPO.   Morto sei tu, se deggio

Domandartelo ancora.

IL PAST.   Ei dunque... egli era

Della casa di Lajo.

EDIPO.   Un servo, o alcuno

Di sua progenie?

IL PAST.   Ahi! che a terribil punto

Io son di dire...

EDIPO.   Ed io d'udir; ma d'uopo

Udir m'è pure.

IL PAST.   Ei figlio suo fu detto.

Ma quella che là dentro è donna tua,

Meglio di ciò potrà chiarirti.

EDIPO.   Il diede

Fors'ella a te?

IL PAST.   Sì veramente, o sire.

EDIPO.   Perchè?

IL PAST.   Per dargli morte.

EDIPO.   Sciagurata!

La propria madre?

IL PAST.   Per timor d'avversi

Oracoli.

EDIPO.   Di quali?

IL PAST.   Ei, si dicea

Che ucciso avrebbe i genitori suoi.

EDIPO.   E a che tu il desti a questo vecchio?

IL PAST.   Io n'ebbi

Pietade, o sire, e il diedi a lui, chè, lunge

Seco il portasse alla natìa sua terra;

Ma salvo ei l'ha per più grandi sventure.

Se quel tu sei, che costui dice, ah sappi

Che sei molto infelice!

EDIPO.   Ahi ahi! già tutto

Si fa palese. — Oh luce, ultima volta

Questa sia ch'io ti vegga, io che da tale

Naqui, onde nascer non dovea; che morte

Diedi a cui dar io non dovea giammai!

CORO.

Strofe I.

Oh progenie mortale,

Oh come tutta io la tua vita estimo

Al nulla eguale!

Qual uom, qual uom felicità possiede,

Se non quanta ei se 'l crede?

E quant'ei più si crede in alto stato

Viver securo, e più trabocca ad imo.

A' casi tuoi mirando,

Edípo, miserando,

E al tuo converso fato,

Mortal nessuno io vo' nomar bëato.

Antistrofe I.

Ben tu drizzando a punto

Arduo lo stral, sei di felice sorte

Al colmo giunto;

Chè la cantante in sua buja favella,

Ugnicurva donzella,

Esterminasti col sagace ingegno,

E ti sei di mia patria incontro a morte

Propugnacolo eretto;

Onde mio re sei detto,

E n'ottenesti degno

Premio d'onor, della gran Tebe il regno.

Strofe II.

Or se dar fede a quel che udii s'addice

Chi di te più infelice?

Chi più sua vita in ree sventure involse,

E in affannosi guai?

Te un porto istesso, inclito Edípo, accolse

Figlio, e padre marito. Oh come mai,

Come, o misero, avvenne

Che te in lungo silenzio

Il paterno finor campo sostenne?

Antistrofe II.

Ma, il tempo alfin ti ritrovò, che l'opre

Dell'uom tutte discopre,

E il connubio dannò, che figlio insieme

Ti fece, e genitore.

Visto io mai non t'avessi! il cuor mi preme,

O progenie di Lajo, alto dolore;

Chè per te già periglio

Scampai funesto, e a placidi

Sonni per te chinai di nuovo il ciglio.

Un NUNZIO e CORO.

IL NUNZ. O di Tebe onorandi illustri capi,

Che udrete mai! che mai vedrete! e quanto

Sentirete dolor, se ingenuo zelo

Della casa di Lábdaco serbate!

Non potría l'Istro e non il Fasi, io credo.

Questa regia purgar di quanti asconde

Obbrobrii; ed altre or ne verranno a luce

Volontarie sventure, E sono i mali

Ch'uom procaccia a sè stesso, assai più acerbi.

CORO.   Cose già ne son conte, a cui di grave

Nulla manca, e di tristo; or che v'aggiungi?

IL NUNZ. Ciò che a dirsi e ad udirsi è breve assai:

È di Giocasta il divo capo estinto.

CORO.   Oh sventurata! e che la trasse a morte?

IL NUNZ. Ella a sè stessa la recò. Ma il fatto

Perde di quanto ha più di doloroso,

Poi che tolto è il vederlo. E nondimeno,

Come il ricordo a me ne resta, udrete

Della donna infelice i patimenti.

Dacchè in gran turbamento essa le soglie

Rientrò della regia, incontanente

Corse alla stanza nuzïal, stracciandosi

Con ambe man le chiome. Entra; le porte

Con impeto riserra, e Lajo chiama,

Il suo già da gran tempo estinto Lajo,

Rimembrando gli amplessi e il parto, ond'egli

Aver poi dovea morte, e lasciar lei

A concepir della sua propria prole

Prole nefanda; e lamentò quel letto,
In cui marito da marito, e figli
Partoriva da figli. Io poi com'ella
Si togliesse la vita, allor non vidi,
Poi che sclamando irruppe Edípo, e ad essa
Di più attender ne tolse. In lui lo sguardo
Volgemmo, in lui che intorno furïoso
S'aggira, un ferro a noi chiedendo, e dove
Trovar possa la sua moglie non moglie,
Campo materno che di sè fecondo
Fu doppiamente, e de' suoi figli. Ed ecco,
Un qualche avverso démone (di noi
Quivi astanti nessuno) al furibondo
N'addita il loco. Alto gridando, e come
S'altri 'l guidasse, a quelle porte ei slanciasi,
Ne urtò le imposte, e le sbalzò dai cardini,
E gittovvisi dentro. Ivi la donna
Vedemmo, il collo a torto fune avvolta,
Pender dall'alto. A quella vista il misero
Ruggì terribiilrnente; il laccio snoda;
Cala al suol la meschina. Orrendo allora
Spettacol fu; ch'ei dalla veste a lei
L'auree fibbie strappate, ond'era adorna,
Quelle, sbarrando le palpebre, a forza
Dentro negli occhi s'i cacciò, dicendo,

Che, poichè ciò ch'ei fece e che sofferse,

Visto non hanno, in tenebre sepolti

Più veder non potran nè quei che d'uopo

Mai non era veder, nè quei che brama

Di conoscere avea. Così sclamava,

E, non una, più volte le palpebre

Schiudendo, si fería. Le sanguinenti

Pupille gli rigavano le guance;

Nè stillava l'umor, ma prorompea

Negra di sangue grandinosa pioggia.

Tanta d'ambo que' due scoppiò sventura,

E in orribili guai moglie e marito

Ambo insieme avvolgea. Quella lor prima

Felicità, felicità ben era;

Ma di repente in questo dì s'è fatta

Danno, dolor, morte, vergogna; e quanti

Nomi ha di mali, un pur non è che manchi.

CORO.   Or che fa l'infelice? ha qualche posa?

IL NUNZ. Grida che della regia apran le porte,

E si mostri a' Cadmei l'uom che del padre

Fu l'uccisor... che della madre... Ah troppo

Empie cose egli dice, e che ridire

Non lice a me! Da questa terra in bando

Gittarsi ei vuole, e non restar più in loco

Ove alle Furie consecrò sè stesso;

Ma bisogno ha di guida e di sostegno,

Poi che lo stato suo molto è più grave

Ch'egli regger non 'l possa. — Ecco, a te pure

Si mostrerà; sento i serrami aprirsi

Delle porte. Spettacolo vedrai

Tal d'averne pietade anco un nimico.

EDIPO condotto per mano e CORO.

CORO.   Oh tristo, orribil caso!

Oh il più tristo di quanti io vidi mai!

Qual t'ha furore invaso,

Lasso! qual fiero démone

Tanto ha d'orrendi guai

Sopra i gravi tuoi guai cumulo accolto?

Oh te infelice! in volto

Io fisar non ti posso, e sì vorrei

Molte udirne, e mirar con gli occhi miei:

Tal di pietoso orrore

Senso m'infonde in cuore.

EDIPO.   Ahi ahi, me misero!

Ove, me lasso! or sono?

Ove or ne va per l'aere

Della mia voce il suono?

Oh sorte, in quale il furor tuo sbalzato

M'ha tristo stato.

CORO.   Tristo sì che veder nè udir si puote.

Strofe I.

EDIPO.   Oh d'atre tenebre

Tetra nube profonda,

Che immota, indissolubile

Ahi mi circonda!

Come, ahi lasso, di questi acuti strali

Il duolo al cuor mi penetra,

E la memoria de' passati mali!

CORO.   Meraviglia non è che in tanti guai

Doppiamente t'affligga un doppio duolo.

Antistrofe I.

EDIPO.   Oh amico, stabile

Nella tua fè tu meco

Anco ti stai, sollecito

Pur di me cieco.

Ah sì, me lasso! ancor che avvolto in fosco

Bujo, ti scerno, e memore

Il suon della tua voce io riconosco.

CORO.   O atroce ardir! come degli occhi strazio

Far potesti così, qual dio ti spinse?

Strofe II.

EDIPO.   Apollo, amici, Apollo egli è di queste

Mie vicende funeste,

D'ogni mio danno autor, d'ogni mio duolo.

Ben egli è ver ch'io solo,

Io sol lasso! la mano in me volgea,

Ma il veder che valea

A me, se nulla or evvi più, che sia

Dolce alla vista mia?

CORO.   Così sta il ver, pur troppo!

Strofe III.

EDIPO.   Che più veder, che udire

Più con diletto è a me concesso, o quale

Brama allettar? Deh me träete, amici,

Me via tosto di qua, peste ferale,

Me tutto sacro alle tremende Dire,

Me, cui d'ogn'uom più aborrono

Tutti gli dei nimici!

CORO.   Te infelice per senso e per vicende!

Oh, conosciuto io non t'avessi mai!

Antistrofe II.

EDIPO.   Pera colui, qual ch'egli sia, che tolse

Me da quel monte, e sciolse

Miei piè costretti, e riserbommi a vita!

Cortesia non gradita,

Di che merto veruno io non gli rendo;

Chè infante allor morendo

Cagion tanta di duolo or non sarei

Nè a me, nè a' cari miei.

CORO.   Così stato pur fosse!

Antistrofe III.

EDIPO.   Non uccisor del padre

Sarei; non fra le genti andrei nomato

Di quella stessa, ond'io nascea, consorte.

Un empio or sono, e di non pii son nato,

Congenerante con la propria madre;

E s'altro v'ha più orribile,

Tocco è ad Edípo. in sorte.

CORO.   Non però dir saprei che divisato

Abbi tu saggiamente. Era pur meglio

Non viver più, che trar cieca la vita.

EDIPO.   Che ben fatto io non ho, così facendo,

Non m'insegnar; nè più consigli ormai.

Con quali occhi io potrei, scendendo a Dite,

Mirar nel volto il padre mio, la misera

Madre, ambo i quali io sì trattai, che un laccio

Ne saría lieve pena? O de' miei figli

Forse che grata esser mi dee la vista.

Nati come son essi? Agli occhi miei

No; nè questa città, nè la sua ròcca

Io mirar più potea, nè i sacri segni

Degli dei; tutte cose, ond'io che in Tebe

Era l'uom più felice, io sciagurato

Privai me stesso, a' cittadini tutti

Imponendo cacciar l'empio che impuro

E del sangue di Lajo han mostro i numi

Or che in me sì rea macchia ho discoperta,

Potea questi mirar con fermo sguardo?

No, no. Se dell'udito anco la fonte

Fosse modo a turar, non mi terrei

Che in me quella pur anco non chiudessi,

Per veder nulla e nulla udir; chè privo

Di tutti sensi esser ne' mali è dolce.

Oh Citeron, perchè mi raccoglievi?

O, raccolto, perchè subitamente

Non m'uccidesti, sì ch'io non mostrassi

Alle genti giammai d'onde fui nato!

Oh Pólibo, oh Corinto, oh patrie case

(Patrie credute un dì), qual me nudriste

Bello involucro di sozzure occulte!

Ecco, malvagio or mi rinvengo, e prole

D'altri malvagi. Oh trivio, oh cupa valle,

Oh bosco, oh angusta via, che di mio padre

Beveste un dì per le mie mani il sangue,

Serbate ancor di me memoria? Oh quali

Io commisi appo voi colpevol'opre,

Quali poi, qua venuto! Oh nozze, nozze,

Me generaste, e il generato seme

Riproduceste, e mostro al mondo avete

D'un sangue sol padri, fratelli e figli,

E mogli e madri, e quanto in somma al mondo

V'ha di più reo! Ma poi che dir non lice

Quel che far non è bello, ah per gli dei,

Me via di qua, me tosto nascondete,

O m'uccidete, o dentro al mar gittatemi,

Sì che nessun mai più mi vegga. Or via,

Degnatevi toccar questo infelice.

Non temete: contrarre i mali miei,

Nè sopportarli, altri fuor ch'io, non puote.

CORO.   Ecco, a giovarti di consiglio e d'opra

Vien Crëonte opportuno: ei che in tua vece

Rimaso è solo reggitor del regno.

EDIPO.   Ah! che dirgli potrò? Qual giustamente

Io sperarne potrei fede o favore,

Se al tutto iniquo io fui trovato a lui?

CREONTE con le due figliuole di Edipo, EDIPO e CORO.

CREONTE.   Non a schernirti io qui ne vengo, Edípo,

Nè a rinfacciarti i tuoi maligni oltraggi.

Ma voi se de' mortali alcun rispetto

Non avete, vergogna almen di questa

Lampa del Sol di tutte cose altrice,

Di mostrar qui vi prenda apertamente

Questo reo capo, cui la terra accôrre

Non può, non l'aqua, e non la luce. Or tosto

Entro il guidate alle sue stanze. I mali

Contemplar de' congiunti, udirne i lai,

Sol de' congiunti alla pietà s'addice.

EDIPO.   Deh per gli dei! poi che dal mio m'hai tolto

Falso giudicio, ottimo tu venendo

A me tristissim'uomo, or fammi cosa

Che per tuo bene, e non per me, ti chieggio.

CREONTE.   Di che muovi preghiera?

EDIPO.   Incontanente

Cacciami fuor di questa terra, in loco

Ove nessuno a me non parli, o m'oda.

CREONTE.   E già fatto l'avrei, sappi, se pria

Non volessi dal nume intender certo

Che far si dee.

EDIPO.   Ma di quel dio già tutto

Pur l'oracolo apparve manifesto:

Esterminar me parricida ed empio.

CREONTE.   Detto, è ver, fu così; ma in quel ch'or siamo

Stato di cose, è consultarlo il meglio.

EDIPO.   Il nume adunque domandar vorrete

Per uom misero tanto?

CREONTE.   E sì tu pure

Assentirai con ferma fede al nume.

EDIPO.   Or io ciò t'accomando, e te ne priego

A quella che là dentro estinta giace,

Poni tomba a tuo grado; opra dovuta

A' consanguinei tuoi. Di me, non sia

Che tenermi più voglia entro sue mura

Questa patria città. Lascia ch'io stanza

Abbia ne' monti là dov'è quel mio

Citerone che un dì la madre e il padre

A me vivo assegnâr proprio sepolcro,

Sì ch'io muoja colà dov'essi morto

Voleanmi. So che non morbo, non altro

Natural caso mi torrà di vita;

Poi che allor che già preso era di morte,

Non mai salvo scampato io ne sarei,

Che per serbarmi a più terribil fine:

Or ben, mia sorte, ove andar vuol, ne vada.

I miei figli... de' maschi alcuna cura,

Crëonte, non ti dar: uomini sono;

Quindi inopia di vitto in qual sia loco

Non avran mai; ma quelle due meschine,

Quelle misere due mie giovinette,

Da cui la mensa a me non si apponea

Mai disgiunta, ma sempre d'ogni cibo,

Di ch'io gustassi, avean con me lor parte,

Tu di quelle abbi cura. Ah! mi concedi

Ch'io con mie man le tocchi, e con lor pianga

I nostri guai. Su via, signor! su via,

O prence illustre!

A me parrà, toccandole, tenerle,

Tenerle ancor come quando io vedea...

Ma deh che dico?

Non sento io forse, ah per gli dei! non sento

Le mie dilette piangere? Pietoso

Di me forse Crëonte or qui mandommi

Quelle mie tra' miei figli a me più care?

Il ver diss'io?

CREONTE.   Il ver dicesti. Io presumendo il tuo

Desiderio amoroso, a te le addussi.

EDIPO.   Sii felice, e per merto abbia un iddio

Cura di te più che di me non ebbe!

Ove ove siete, o figlie mie? Qui, qui,

Venite a queste fraterne mie mani

Che così strazïâr gli occhi già fulgidi

Del vostro genitor, di me che ignaro

Di tutto appien, padre di voi divenni

Nel grembo, o figlie, ove concetto io fui.

Piango in pensar — veder no 'l posso — il resto

Di quella che v'è d'uopo amara vita

Viver poi fra le genti. A quali andrete

Popolari adunanze, a qual festiva

Pompa, d'onde tornarne al tetto vostro

Non dobbiate piangenti, anzi che in volto

Liete e contente? Ed a stagion di nozze

Venute poi, chi, chi sarà che ardisca

Tali obbrobrii contrarre, onte funeste

A' vostri insieme e a' genitori miei?

Qual qui manca ignominia? Il padre vostro

Diè morte al proprio padre; arò quel campo,

In ch'ei fu seminato, e voi di quella

Generò, di cui nato era egli stesso.

Queste infamie apporranvi: e chi marito

Vorrà farsi di voi? Nessuno, o figlie,

Nessuno; e forza vi sarà digiune

Di nozze, e sole consumar la vita.

Oh figliuol di Menécëo, che ad esse

Rimani unico padre or che morimmo

Ambo noi genitori, ah! non lasciarle

(Chè congiunte ti sono) errar mendiche,

Destítute di sposo, e a me ne' mali

Non pareggiarle. Abbi pietà di loro;

Guardale come giovinette sono;

Fuor che di te, prive di tutti. Or via!

Promctti, o generoso, e la tua destra

Porgimi in pegno. — O figlie mie, se foste

Già di ragion capaci, io vi darei

Di ben molti consigli; or questo voto

Abbiatevi da me: sempre v'accolga

Convenevole stanza, e miglior vita

Che al vostro genitore, incontri a voi!

CREONTE.   Abbastanza di pianto e di doglianze.

Rïentra in casa.

EDIPO.   Obedirò, quantunque

Grato non sia.

CREONTE.   Tutto a suo tempo è bello.

EDIPO.   Ma sai qual patto all'obedirti io ponga?

CREONTE.   Dillo, e il saprò.

EDIPO.   Che di qua lungi altrove

Mi manderai.

CREONTE.   Sta nel voler del nume.

EDIPO.   Ai numi in ira io sono.

CREONTE.   Indi l'intento

Otterrai tosto.

EDIPO.   Il pensi tu da vero?

CREONTE.   Ciò che non penso, io dir non amo a caso.

EDIPO.   Via trammi dunque.

CREONTE.   Or va'. Lascia le figlie.

EDIPO.   Deh, queste, no, non me le tôrre!

CREONTE.   Tutto

Non volere ottener. Quanto ottenesti,

A far bëato il viver tuo non valse.

CORO.   O della patria Tebe abitatori,

Questo Edípo mirate, Edípo, il grande

Che l'enimma famoso intese e sciolse,

E surse a sommi onori,

Nè 'l guardo invido volse

Al ben de' cittadini, e alle fortune,

Mirate di sventure miserande

In qual gorgo è caduto:

Sì ch'uomo alcuno predicar felice

Pria di quel dì non lice,

Ch'abbia di tutti acerbi casi immune

Della vita il cammin tutto compiuto.

FINE DI EDIPO RE.